Para las bibliotecas donde hice mi tarea,
reí con amigos y encontré magia –J.C.

Para Sonny y Teddy – F.L.

A Luna le encanta la biblioteca

Título original: *Luna Loves Library Day*

© 2017 Joseph Coelho (texto)
© 2017 Fiona Lumbers (ilustraciones)

Publicado por primera vez en Gran Bretaña
en 2017 por Andersen Press Ltd., Londres

Traducción: Ix-Nic Iruegas

D.R. © Editorial Océano, S.L.
www.oceano.com

D.R. © Editorial Océano de México, S.A. de C.V.
www.oceano.mx • www.oceanotravesia.mx

Primera edición: 2018

ISBN: 978-607-527-403-4
Depósito legal: B-24935-2017

IMPRESO EN ESPAÑA / *PRINTED IN SPAIN*

9004352011117

A Luna
le encanta
la biblioteca

Joseph
Coelho

Fiona
Lumbers

OCEANO travesía

A Luna le encanta la biblioteca.

Mochila para la biblioteca: ¡lista!
Credencial para la biblioteca: ¡lista!
Libros que hay que devolver: ¡listos!

Mamá lleva a Luna a la biblioteca.

Papá siempre la espera leyendo un libro.

Comienzan la visita en la sección
de **libros grandes**.

El gran libro de...

El gran lib

... dinosaurios, momias
y misterios inexplicables,
todo a la mochila: ¡listo!

A Luna le encantan los insectos.
Papá los odia.
Cuando los mira su cara se estruja y hace:
¡uuuuuuugggg!

Encontraron libros sobre insectos con hormigas y arañas,
y... LOS MINI MONSTRUOS de Mauricio Mandíbulas.
Todo a la mochila: ¡listo!

Papá conoce muchos trucos de magia,
como hacer que aparezcan monedas en la nariz
y las orejas de Luna.

Papá también sabe desaparecer.
Luna quiere aprender a traerlo
de vuelta.

Desorden mágico
de Marabella
a la mochila: ¡listo!

Papá encuentra un cuento sobre el lugar donde creció,
los lugares donde jugaba y la biblioteca que visitaba.

Todas las fotos son en blanco y negro.
Los árboles lucen muy extraños.

A la mochila: ¡listo!

Luna elige un cuento para leer con papá sentados
en el gran sillón de la biblioteca, que es tan
suave como el abrazo de un oso de peluche.

EL
REY TROL
Y LA
SIRENA REINA

Su hogar se convirtió
en una marea de escándalo.
Olas ruidosas, piedras rabiosas,
quejas tortuosas lo mismo de un pez
que de un chivo vándalo…

Así que el Rey Trol se marchó.
Pero hubo una cosa que nunca cambió:

"El amor por mi princesa
ensancha mi corazón con la fuerza del mar.
El amor por mi princesa
en ninguna cueva se puede ocultar."

❧ FIN ❧

Luna va al mostrador a sellar
los libros que se llevará a casa:

El gran libro de dinosaurios,
momias y misterios inexplicables: ¡sellado!

LOS MINI MONSTRUOS: ¡sellado!

Desorden mágico: ¡sellado!

RECUERDOS
DE LA ISLA IMAGINADA: ¡sellado!

EL REY TROL
Y LA SIRENA REINA: ¡sellado!

Libros y recuerdos de aventuras, magia y PAPÁ.

A Luna le encanta la biblioteca.

Biblioteca de Luna

Desorden mágico de Marabella

M. Mandíbulas LOS MINI MONSTRUOS

RECUERDOS DE LA ISLA IMAGINADA

EL GRAN LIBRO DE DINOSAURIOS,
MOMIAS Y MISTERIOS INEXPLICABLES